Classique Érotique

CONTES

Cinquième période

Écrit par
Jean de La Fontaine

RETROUVEZ TOUS NOS GRANDS CLASSIQUES ÉROTIQUES

sur www.grandsclassiques.com

La matrone d'Ephèse

Il est un conte usé, commun, et rebattu,
C'est celui qu'en ces vers j'accommode à ma guise.
Et pourquoi donc le choisis-tu ?
Qui t'engage à cette entreprise ?
N'a-t-elle point déjà produit assez d'écrits ?
Quelle grâce aura ta Matrone
Au prix de celle de Pétrone ?
Comment la rendras-tu nouvelle à nos esprits ?
Sans répondre aux censeurs, car c'est chose infinie,
Voyons si dans mes vers je l'aurai rajeunie.

Dans Ephèse il fut autrefois
Une dame en sagesse et vertus sans égale
Et selon la commune voix
Ayant su raffiner sur l'amour conjugale.
Il n'était bruit que d'elle et de sa chasteté :
On l'allait voir par rareté :
C'était l'honneur du sexe : heureuse sa patrie !
Chaque mère à sa bru l'alléguait pour patron ;
Chaque époux la prônait à sa femme chérie
D'elle descendent ceux de la Prudoterie,
Antique et célèbre maison.
Son mari l'aimait d'amour folle.
Il mourut. De dire comment,

Ce serait un détail frivole
Il mourut, et son testament
N'était plein que de legs qui l'auraient consolée,
Si les biens réparaient la perte d'un mari
Amoureux autant que chéri.
Mainte veuve pourtant fait la déchevelée,
Qui n'abandonne pas le soin du demeurant,
Et du bien qu'elle aura fait le compte en pleurant.
Celle-ci par ses cris mettait tout en alarme ;
Celle-ci faisait un vacarme,
Un bruit, et des regrets à percer tous les cœurs ;
Bien qu'on sache qu'en ces malheurs
De quelque désespoir qu'une âme soit atteinte,
La douleur est toujours moins forte que la plainte,
Toujours un peu de faste entre parmi les pleurs.
Chacun fit son devoir de dire à l'affligée
Que tout à sa mesure, et que de tels regrets
Pourraient pécher par leur excès :
Chacun rendit par là sa douleur rengregée.
Enfin ne voulant plus jouir de la clarté
Que son époux avait perdue,
Elle entre dans sa tombe, en ferme volonté
D'accompagner cette ombre aux enfers descendue.
Et voyez ce que peut l'excessive amitié ;
(Ce mouvement aussi va jusqu'à la folie)
Une esclave en ce lieu la suivit par pitié,
Prête à mourir de compagnie.
Prête, je m'entends bien ; c'est-à-dire en un mot

N'ayant examiné qu'à demi ce complot,
Et jusques à l'effet courageuse et hardie.
L'esclave avec la dame avait été nourrie.
Toutes deux s'entr'aimaient, et cette passion
Etait crue avec l'âge au cœur des deux femelles :
Le monde entier à peine eût fourni deux modèles
D'une telle inclination.

Comme l'esclave avait plus de sens que la dame,
Elle laissa passer les premiers mouvements,
Puis tâcha, mais en vain, de remettre cette âme
Dans l'ordinaire train des communs sentiments.
Aux consolations la veuve inaccessible
S'appliquait seulement à tout moyen possible
De suivre le défunt aux noirs et tristes lieux :
Le fer aurait été le plus court et le mieux,
Mais la dame voulait paître encore ses yeux
Du trésor qu'enfermait la bière,
Froide dépouille et pourtant chère.
C'était là le seul aliment
Qu'elle prît en ce monument.
La faim donc fut celle des portes
Qu'entre d'autres de tant de sortes,
Notre veuve choisit pour sortir d'ici-bas.
Un jour se passe, et deux sans autre nourriture
Que ses profonds soupirs, que ses fréquents hélas
Qu'un inutile et long murmure
Contre les dieux, le sort, et toute la nature.

Enfin sa douleur n'omit rien,
Si la douleur doit s'exprimer si bien.

Encore un autre mort faisait sa résidence
Non loin de ce tombeau, mais bien différemment
Car il n'avait pour monument
Que le dessous d'une potence.
Pour exemple aux voleurs on l'avait là laissé.
Un soldat bien récompensé
Le gardait avec vigilance.
Il était dit par ordonnance
Que si d'autres voleurs, un parent, un ami
L'enlevaient, le soldat nonchalant, endormi
Remplirait aussitôt sa place,
C'était trop de sévérité ;
Mais la publique utilité
Défendait que l'on fit au garde aucune grâce.
Pendant la nuit il vit aux fentes du tombeau
Briller quelque clarté, spectacle assez nouveau.
Curieux il y court, entend de loin la dame
Remplissant l'air de ses clameurs.
Il entre, est étonné, demande à cette femme,
Pourquoi ces cris, pourquoi ces pleurs,
Pourquoi cette triste musique,
Pourquoi cette maison noire et mélancolique.
Occupée à ses pleurs à peine elle entendit
Toutes ces demandes frivoles,
Le mort pour elle y répondit ;

Cet objet sans autres paroles
Disait assez par quel malheur
La dame s'enterrait ainsi toute vivante.
Nous avons fait serment, ajouta la suivante,
De nous laisser mourir de faim et de douleur.
Encor que le soldat fût mauvais orateur,
Il leur fit concevoir ce que c'est que la vie.
La dame cette fois eut de l'attention ;
Et déjà l'autre passion
Se trouvait un peu ralentie.
Le temps avait agi. Si la foi du serment,
Poursuivit le soldat, vous défend l'aliment,
Voyez-moi manger seulement,
Vous n'en mourrez pas moins. Un tel tempérament
Ne déplut pas aux deux femelles :
Conclusion qu'il obtint d'elles
Une permission d'apporter son soupé :
Ce qu'il fit ; et l'esclave eut le cœur fort tenté
De renoncer dès lors à la cruelle envie
De tenir au mort compagnie.
Madame, ce dit-elle, un penser m'est venu :
Qu'importe à votre époux que vous cessiez des vivre ?
Croyez-vous que lui-même il fût homme à vous suivre
Si par votre trépas vous l'aviez prévenu ?
Non Madame, il voudrait achever sa carrière.
La nôtre sera longue encor si nous voulons.
Se faut-il à vingt ans enfermer dans la bière ?
Nous aurons tout loisir d'habiter ces maisons.

On ne meurt que trop tôt ; qui nous presse ?
attendons ;
Quant à moi je voudrais ne mourir que ridée.
Voulez-vous emporter vos appas chez les morts.
Que vous servira-t-il d'en être regardée.
Tantôt en voyant les trésors
Dont le Ciel prit plaisir d'orner votre visage,
Je disais : hélas ! c'est dommage
Nous-mêmes nous allons enterrer tout cela.
A ce discours flatteur la dame s'éveilla
Le Dieu qui fait aimer prit son temps, il tira
Deux traits de son carquois ; de l'un il entama
Le soldat jusqu'au vif ; L'autre effleura la dame
Jeune et belle elle avait sous ses pleurs de l'éclat,
Et des gens de goût délicat
Auraient bien pu l'aimer, et même étant leur femme.
Le garde en fut épris : les pleurs et la pitié,
Sorte d'amour ayant ses charmes,
Tout y fit : une belle, alors qu'elle est en larmes
En est plus belle de moitié.
Voilà donc notre veuve écoutant la louange,
Poison qui de l'amour est le premier degré
La voilà qui trouve à son gré
Celui qui le lui donne ; il fait tant qu'elle mange,
Il fait tant que de plaire, et se rend en effet
Plus digne d'être aimé que le mort le mieux fait.
II fait tant enfin qu'elle change ;
Et toujours par degré, comme l'on peut penser :

De l'un à l'autre il fait cette femme passer
Je ne le trouve pas étrange :
Elle écoute un amant, elle en fait un mari
Le tout au nez du mort qu'elle avait tant chéri.

Pendant cet hyménée un voleur se hasarde
D'enlever le dépôt commis aux soins du garde
Il en entend le bruit ; il y court à grands pas
Mais en vain, la chose était faite.
Il revient au tombeau conter son embarras
Ne sachant où trouver retraite.
L'esclave alors lui dit le voyant éperdu :
L'on vous a pris votre pendu ?
Les lois ne vous feront, dites-vous, nulle grâce ?
Si Madame y consent j'y remédierai bien.
Mettons notre mort en la place,
Les passants n'y connaîtront rien.
La dame y consentit. O volages femelles !
La femme est toujours femme ; il en est qui sont belles,
Il en est qui ne le sont pas.
S'il en était d'assez fidèles,
Elles auraient assez d'appas.

Prudes vous vous devez défier de vos forces.
Ne vous vantez de rien. Si votre intention
Est de résister aux amorces,
La nôtre est bonne aussi ; mais l'exécution
Nous trompe également ; témoin cette Matrone.

Et n'en déplaise au bon Pétrone,
Ce n'était pas un fait tellement merveilleux
Qu'il en dût proposer l'exemple à nos neveux.
Cette veuve n'eut tort qu'au bruit qu'on lui vit faire,
Qu'au dessein de mourir, mal conçu, mal formé ;
Car de mettre au patibulaire
Le corps d'un mari tant aimé,
Ce n'était pas peut-être une si grande affaire.
Cela lui sauvait l'autre ; et tout considéré,
Mieux vaut goujat debout qu'empereur enterré.

Belphégor

De votre nom j'orne le frontispice
Des derniers vers que ma Muse a polis.
Puisse le tout ô charmante Philis,
Aller si loin que notre los franchisse
La nuit des temps : nous la saurons dompter
Moi par écrire, et vous par réciter.
Nos noms unis perceront l'ombre noire
Vous régnerez longtemps dans la mémoire,
Après avoir régné jusques ici
Dans les esprits, dans les cœurs même aussi.
Qui ne connaît l'inimitable actrice
Représentant ou Phèdre, ou Bérénice
Chimène en pleurs, ou Camille en fureur ?
Est-il quelqu'un que votre voix n'enchante ?
S'en trouve-t-il une autre aussi touchante ?
Une autre enfin allant si droit au cœur ?
N'attendez pas que je fasse l'éloge
De ce qu'en vous on trouve de parfait
Comme il n'est point de grâce qui n'y loge
Ce serait trop, je n'aurais jamais fait.
De mes Philis vous seriez la première.
Vous auriez eu mon âme toute entière
Si de mes vœux j'eusse plus présumé,
Mais en aimant qui ne veut être aimé ?

Par des transports n'espérant pas vous plaire,
Je me suis dit seulement votre ami ;
De ceux qui sont amants plus d'à demi :
Et plût au sort que j'eusse pu mieux faire.
Ceci soit dit : venons à notre affaire.

Un jour Satan, monarque des enfers,
Faisait passer ses sujets en revue.
Là confondus tous les états divers,
Princes et rois, et la tourbe menue,
Jetaient maint pleur, poussaient maint et maint cri,
Tant que Satan en était étourdi.
Il demandait en passant à chaque âme :
Qui t'a jetée en l'éternelle flamme ?
L'une disait : Hélas c'est mon mari ;
L'autre aussitôt répondait : c'est ma femme.
Tant et tant fut ce discours répété,
Qu'enfin Satan dit en plein consistoire :
Si ces gens-ci disent la vérité
Il est aisé d'augmenter notre gloire.
Nous n'avons donc qu'à le vérifier.
Pour cet effet il nous faut envoyer
Quelque démon plein d'art et de prudence ;
Qui non content d'observer avec soin
Tous les hymens dont il sera témoin,
Y joigne aussi sa propre expérience.
Le prince ayant proposé sa sentence,
Le noir sénat suivit tout d'une voix.

De Belphégor aussitôt on fit choix.
Ce diable était tout yeux et tout oreilles,
Grand éplucheur, clairvoyant à merveilles,
Capable enfin de pénétrer dans tout,
Et de pousser l'examen jusqu'au bout.
Pour subvenir aux frais de l'entreprise,
On lui donna mainte et mainte remise,
Toutes à vue, et qu'en lieux différents
Il pût toucher par des correspondants.
Quant au surplus, les fortunes humaines,
Les biens, les maux, les plaisirs et les peines,
Bref ce qui suit notre condition,
Fut une annexe à sa légation.
Il se pouvait tirer d'affliction,
Par ses bons tours, et par son industrie,
Mais non mourir, ni revoir sa patrie,
Qu'il n'eût ici consumé certain temps :
Sa mission devait durer dix ans.
Le voilà donc qui traverse et qui passe
Ce que le Ciel voulut mettre d'espace
Entre ce monde et l'éternelle nuit ;
Il n'en mit guère, un moment y conduit.
Notre démon s'établit à Florence,
Ville pour lors de luxe et de dépense.
Même il la crut propre pour le trafic.
Là sous le nom du seigneur Roderic,
Il se logea, meubla, comme un riche homme ;
Grosse maison, grand train, nombre de gens,

Anticipant tous les jours sur la somme
Qu'il ne devait consumer qu'en dix ans
On s'étonnait d'une telle bombance.
Il tenait table, avait de tous côtés
Gens à ses frais, soit pour ses voluptés
Soit pour le faste et la magnificence.
L'un des plaisirs où plus il dépensa
Fut la louange : Apollon l'encensa
Car il est maître en l'art de flatterie
Diable n'eut onc tant d'honneurs en sa vie.
Son cœur devint le but de tous les traits
Qu'Amour lançait : il n'était point de belle
Qui n'employât ce qu'elle avait d'attraits
Pour le gagner, tant sauvage fut-elle :
Car de trouver une seule rebelle,
Ce n'est la mode à gens de qui la main
Par les présents s'aplanit tout chemin.
C'est un ressort en tous desseins utile.
Je l'ai jà dit, et le redis encor
Je ne connais d'autre premier mobile
Dans l'univers, que l'argent et que l'or.
Notre envoyé cependant tenait compte
De chaque hymen, en journaux différents ;
L'un, des époux satisfaits et contents,
Si peu rempli que le diable en eut honte.
L'autre journal incontinent fut plein.
A Belphégor il ne restait enfin
Que d'éprouver la chose par lui-même.

Certaine fille à Florence était lors ;
Belle, et bien faite, et peu d'autres trésors ;
Noble d'ailleurs, mais d'un orgueil extrême ;
Et d'autant plus que de quelque vertu
Un tel orgueil paraissait revêtu.
Pour Roderic on en fit la demande.
Le père dit que Madame Honnesta,
C'était son nom, avait eu jusque-là
Force partis ; mais que parmi la bande
Il pourrait bien Roderic préférer,
Et demandait temps pour délibérer.
On en convient. Le poursuivant s'applique
A gagner celle ou ses vœux s'adressaient.
Fêtes et bals, sérénades, musique,
Cadeaux, festins, bien fort appétissaient
Altéraient fort le fonds de l'ambassade.
Il n'y plaint rien, en use en grand seigneur,
S'épuise en dons : l'autre se persuade
Qu'elle lui fait encor beaucoup d'honneur.
Conclusion, qu'après force prières,
Et des façons de toutes les manières,
Il eut un oui de Madame Honnesta.
Auparavant le notaire y passa :
Dont Belphégor se moquant en son âme :
Hé quoi, dit-il, on acquiert une femme
Comme un château ! ces gens ont tout gâté.
Il eut raison : ôtez d'entre les hommes
La simple foi, le meilleur est ôté.

Nous nous jetons, pauvres gens que nous sommes
Dans les procès en prenant le revers.
Les si, les cas, les contrats sont la porte
Par où la noise entra dans l'univers :
N'espérons pas que jamais elle en sorte.
Solennités et lois n'empêchent pas
Qu'avec l'Hymen Amour n'ait des débats
C'est le cœur seul qui peut rendre tranquille.
Le cœur fait tout, le reste est inutile.
Qu'ainsi ne soit, voyons d'autres états.
Chez les amis tout s'excuse, tout passe ;
Chez les amants tout plaît, tout est.
Chez les époux tout ennuie, et tout lasse.
Le devoir nuit, chacun est ainsi fait.
Mais, dira-t-on, n'est-il en nulles guises
D'heureux ménage ? après mûr examen,
J'appelle un bon, voire un parfait hymen,
Quand les conjoints se souffrent leurs sottises.
Sur ce point-là c'est assez raisonné.
Dès que chez lui le diable eut amené
Son épousée, il jugea par lui-même
Ce qu'est l'hymen avec un tel démon :
Toujours débats, toujours quelque sermon
Plein de sottise en un degré suprême.
Le bruit fut tel que Madame Honnesta
Plus d'une fois les voisins éveilla :
Plus d'une fois on courut à la noise
Il lui fallait quelque simple bourgeoise,

Ce disait-elle, un petit trafiquant
Traiter ainsi les filles de mon rang !
Méritait-il femme si vertueuse ?
Sur mon devoir je suis trop scrupuleuse :
J'en ai regret, et si je faisais bien…
Il n'est pas sûr qu'Honnesta ne fit rien :
Ces prudes-là nous en font bien accroire.
Nos deux époux, à ce que dit l'histoire,
Sans disputer n'étaient pas un moment.
Souvent leur guerre avait pour fondement
Le jeu, la jupe ou quelque ameublement,
D'été, d'hiver, d'entre-temps, bref un monde
D inventions propres à tout gâter.
Le pauvre diable eut lieu de regretter
De l autre enfer la demeure profonde.
Pour comble enfin Roderic épousa
La parente de Madame Honnesta,
Ayant sans cesse et le père, et la mère,
Et la grand'sœur, avec le petit frère,
De ses deniers mariant la grand'sœur,
Et du petit payant le précepteur.
Je n'ai pas dit la principale cause
De sa ruine infaillible accident ;
Et j'oubliais qu'il eût un intendant.
Un intendant ? qu'est-ce que cette chose ?
Je définis cet être, un animal
Qui comme on dit sait pécher en eau trouble,
Et plus le bien de son maître va mal,

Plus le sien croît, plus son profit redouble ;
Tant qu'aisément lui-même achèterait
Ce qui de net au seigneur resterait :
Dont par raison bien et dûment déduite
On pourrait voir chaque chose réduite
En son état, s'il arrivait qu'un jour
L'autre devînt l'intendant à son tour,
Car regagnant ce qu'il eut étant maître,
Ils reprendraient tous deux leur premier être.
Le seul recours du pauvre Roderic,
Son seul espoir, était certain trafic
Qu'il prétendait devoir remplir sa bourse,
Espoir douteux, incertaine ressource.
Il était dit que tout serait fatal
A notre époux, ainsi tout alla mal.
Ses agents tels que la plupart des nôtres,
En abusaient : il perdit un vaisseau,
Et vit aller le commerce à vau-l'eau,
Trompe des uns, mal servi par les autres.
II emprunta. Quand ce vint à payer,
Et qu'à sa porte il vit le créancier,
Force lui fut d'esquiver par la fuite,
Gagnant les champs, où de l'âpre poursuite
Il se sauva chez un certain fermier,
En certain coin remparé de fumier.
A Matheo, c'était le nom du sire,
Sant tant tourner il dit ce qu'il était ;
Qu'un double mal chez lui le tourmentait,

Ses créanciers et sa femme encor pire :
Qu'il n'y savait remède que d'entrer
Au corps des gens, et de s'y remparer,
D'y tenir bon : irait-on là le prendre ?
Dame Honnesta viendrait-elle y prôner
Qu'elle a regret de se bien gouverner ?
Chose ennuyeuse et qu'il est las d'entendre.
Que de ces corps trois fois il sortirait,
Sitôt que lui Matheo l'en prierait ;
Trois fois sans plus, et ce pour récompense
De l'avoir mis à couvert des sergents.
Tout aussitôt l'ambassadeur commence
Avec grand bruit d'entrer au corps des gens.
Ce que le sien, ouvrage fantastique,
Devint alors, l'histoire n'en dit rien.
Son coup d'essai fut une fille unique
Où le galant se trouvait assez bien ;
Mais Matheo moyennant grosse somme
L'en fit sortir au premier mot qu'il dit.
C'était à Naples, il se transporte à Rome ;
Saisit un corps : Matheo l'en bannit,
Le chasse encore : autre somme nouvelle.
Trois fois enfin, toujours d'un corps femelle,
Remarquez bien, notre diable sortit.
Le roi de Naples avait lors une fille,
Honneur du sexe, espoir de sa famille ;
Maint jeune prince était son poursuivant.
Là d'Honnesta Belphégor se sauvant,

On ne le put tirer de cet asile.
Il n'était bruit aux champs comme à la ville
Que d'un manant qui chassait les esprits.
Cent mille écus d'abord lui sont promis.
Bien affligé de manquer cette somme
(Car les trois fois l'empêchaient d'espérer
Que Belphégor se laissât conjurer)
Il la refuse : il se dit un pauvre homme,
Pauvre pécheur, qui sans savoir comment,
Sans dons du Ciel, par hasard seulement,
De quelques corps a chassé quelque diable,
Apparemment chétif, et misérable,
Et ne connaît celui-ci nullement.
Il beau dire ; on le force, on l'amène,
On le menace, on lui dit que sous peine
D'être pendu, d'être mis haut et court
En un gibet, il faut que sa puissance
Se manifeste avant la fin du jour.
Dès l'heure même on vous met en présence
Notre démon et son conjurateur.
D'un tel combat le prince est spectateur.
Chacun y court ; n'est fils de bonne mère
Qui pour le voir ne quitte toute affaire.
D'un côté sont le gibet et la hart,
Cent mille écus bien comptés d'autre part.
Matheo tremble, et lorgne la finance.
L'esprit malin voyant sa contenance
Riait sous cape, alléguait les trois fois ;

Dont Matheo suait en son harnois,
Pressait, priait, conjurait avec larmes.
Le tout en vain : plus il est en alarmes,
Plus l'autre rit. Enfin le manant dit
Que sur ce diable il n'avait nul crédit.
On vous le happe, et mène à la potence.
Comme il allait haranguer l'assistance,
Nécessite lui suggéra ce tour :
Il dit tout bas qu'on battît le tambour,
Ce qui fut fait ; de quoi l'esprit immonde
Un peu surpris au manant demanda :
Pourquoi ce bruit ? coquin, qu'entends-je
L'autre répond : C'est Madame Honnesta
Qui vous réclame, et va par tout le monde
Cherchant l'époux que le Ciel lui donna.
Incontinent le diable décampa,
S'enfuit au fond des enfers, et conta
Tout le succès qu'avait eu son voyage :
Sire, dit-il, le nœud du mariage
Damne aussi dru qu'aucuns autres états.
Votre Grandeur voit tomber ici-bas
Non par flocons, mais menu comme pluie
Ceux que l'Hymen fait de sa confrérie
J'ai par moi-même examiné le cas.
Non que de soi la chose ne soit bonne
Elle eut jadis un plus heureux destin
Mais comme tout se corrompt à la fin
Plus beau fleuron n'est en votre couronne

Satan le crut : il fut récompensé
Encor qu'il eût son retour avancé
Car qu'eut-il fait ? ce n'était pas merveilles
Qu'ayant sans cesse un diable à ses oreilles,
Toujours le même, et toujours sur un ton,
Il fut contraint d'enfiler la venelle ;
Dans les enfers encore en change-t-on ;
L'autre peine est à mon sens plus cruelle.
Je voudrais voir quelque saint y durer
Elle eut à Job fait tourner la cervelle.
De tout ceci que prétends-je inférer ?
Premièrement je ne sais pire chose
Que de changer son logis en prison :
En second lieu si par quelque raison
Votre ascendant à l'hymen vous expose
N'épousez point d'Honnesta s'il se peut
N'a pas pourtant une Honnesta qui veut.

La clochette

O combien l'homme est inconstant, divers,
Faible, léger, tenant mal sa parole !
J'avais juré hautement en mes vers
De renoncer à tout conte frivole.
Et quand juré ? c'est ce qui me confond,
Depuis deux jours j'ai fait cette promesse
Puis fiez-vous à rimeur qui répond
D'un seul moment. Dieu ne fit la sagesse
Pour les cerveaux qui hantent les neuf Sœurs ;
Trop bien ont-ils quelque art qui vous peut plaire,
Quelque jargon plein d'assez de douceurs ;
Mais d'être sûrs, ce n'est là leur affaire.
Si me faut-il trouver, n'en fût-il point,
Tempérament pour accorder ce point,
Et supposé que quant à la matière
J'eusse failli, du moins pourrais-je pas
Le réparer par la forme en tout cas ?
Voyons ceci. Vous saurez que naguère
Dans la Touraine un jeune bachelier,
(Interprétez ce mot à votre guise,
L'usage en fut autrefois familier
Pour dire ceux qui n'ont la barbe grise,
Ores ce sont suppôts de sainte église)
Le nôtre soit sans plus un jouvenceau

Qui dans les prés, sur le bord d'un ruisseau,
Vous cajolait la jeune bachelette
Aux blanches dents, aux pieds nus, au corps gent,
Pendant qu'Io portant une clochette,
Aux environs allait l'herbe mangeant ;
Notre galant vous lorgne une fillette,
De celles-là que je viens d'exprimer :
Le malheur fut qu'elle était trop jeunette,
Et d'âge encore incapable d'aimer.
Non qu'à treize ans on y soit inhabile ;
Même les lois ont avancé ce temps :
Les lois songeaient aux personnes de ville,
Bien que l'amour semble né pour les champs.
Le bachelier déploya sa science :
Ce fut en vain ; le peu d'expérience,
L'humeur farouche, ou bien l'aversion,
Ou tous les trois, firent que la bergère,
Pour qui l'amour était langue étrangère,
Répondit mal à tant de passion.
Que fit l'amant ? croyant tout artifice
Libre en amours, sur le rez de la nuit
Le compagnon détourne une génisse
De ce bétail par la fille conduit ;
Le demeurant, non compté par la belle,
(Jeunesse n'a les soins qui sont requis)
Prit aussitôt le chemin du logis ;
Sa mère étant moins oublieuse qu'elle
Vit qu'il manquait une pièce au troupeau :

Dieu sait la vie ; elle tance Isabeau
Vous la renvoie, et la jeune pucelle
S'en va pleurant, et demande aux échos
Si pas un d'eux ne sait nulle nouvelle
De celle-là dont le drôle à propos
Avait d'abord étoupé la clochette ;
Puis il la prit, et la faisant sonner
Il se fit suivre, et tant que la fillette
Au fond d'un bois se laissa détourner.
Jugez, lecteur, quelle fut sa surprise
Quand elle ouït la voix de son amant.
Belle, dit-il, toute chose est permise
Pour se tirer de l'amoureux tourment ;
A ce discours, la fille toute en transe
Remplit de cris ces lieux peu fréquentés ;
Nul n'accourut. O belles évitez
Le fond des bois et leur vaste silence.

Le fleuve Scamandre

Me voilà prêt à conter de plus belle ;
Amour le veut, et rit de mon serment ;
Hommes et dieux, tout est sous sa tutelle ;
Tout obéit, tout cède à cet enfant :
J'ai désormais besoin en le chantant
De traits moins forts, et déguisant la chose.
Car après tout, je ne veux être cause
D'aucun abus : que plutôt mes écrits
Manquent de sel, et ne soient d'aucun prix !
Si dans ces vers j'introduis et je chante
Certain trompeur et certaine innocente,
C'est dans la vue et dans l 'intention
Qu'on se méfie en telle occasion :
J'ouvre l'esprit, et rends le sexe habile
A se garder de ces pièges divers.
Sotte ignorance en fait trébucher mille,
Contre une seule à qui nuiraient mes vers.

J'ai lu qu'un orateur estime dans la Grèce,
Des beaux-arts autrefois souveraine maîtresse,
Banni de son pays, voulut voir le séjour
Où subsistaient encor les ruines de Troie ;
Cimon, son camarade, eut sa part de la joie.
Du débris d'Ilion s'était construit un bourg

Noble par ces malheurs ; la Priam et sa cour
N'étaient plus que des noms, dont le Temps fait sa
proie.
Ilion, ton nom seul a des charmes pour moi ;
Lieu fécond en sujets propres à notre emploi.
Ne verrai-je jamais rien de toi, ni la place
De ces murs élevés et détruits par des dieux,
Ni ces champs où couraient la fureur et l'audace,
Ni des temps fabuleux enfin la moindre trace,
Qui pût me présenter l'image de ces lieux ?
Pour revenir au fait, et ne point trop m'étendre,
Cimon le héros de ces vers
Se promenait près du Scamandre.
Une jeune ingénue en ce lieu se vient rendre,
Et goûter la fraîcheur sur ces bords toujours verts.
Son voile au gré des vents va flottant dans les airs ;
Sa parure est sans art ; elle a l'air de bergère,
Une beauté naïve, une taille légère.
Cimon en est surpris, et croit que sur ces bords
Vénus vient étaler ses plus rares trésors.
Un antre était auprès : l' innocente pucelle
Sans soupçon y descend, aussi simple que belle.
Le chaud, la solitude, et quelque dieu malin
L'invitèrent d'abord à prendre un demi-bain.
Notre banni se cache : il contemple, il admire,
Il ne sait quels charmes élire ;
Il dévore des yeux et du cœur cent beautés.
Comme on était rempli de ces divinités

Que la Fable a dans son empire,
Il songe à profiter de l'erreur de ces temps,
Prend l'air d'un dieu des eaux, mouille ses vêtements
Se couronne de joncs, et d'herbe dégoutante,
Puis invoque Mercure, et le dieu des amants :
Contre tant de trompeurs qu'eût fait une innocente ?
La belle enfin découvre un pied dont la blancheur
Aurait fait honte à Galatée,
Puis le plonge en l'onde argentée,
Et regarde ses lis, non sans quelque pudeur.
Pendant qu'à cet objet sa vue est arrêtée,
Cimon approche d'elle : elle court se cacher
Dans le plus profond du rocher.
Je suis, dit-il, le dieu qui commande à cette onde ;
Soyez-en la déesse, et régnez avec moi.
Peu de Fleuves pourraient dans leur grotte profonde
Partager avec vous un aussi digne emploi :
Mon cristal est très pur, mon cœur l'est davantage :
Je couvrirai pour vous de fleurs tout ce rivage
Trop heureux si vos pas le daignent honorer,
Et qu'au fond de mes eaux vous daigniez vous mirer.
Je rendrai toutes vos compagnes
Nymphes aussi, soit aux montagnes,
Soit aux eaux, soit aux bois, car j'étends mon pouvoir
Sur tout ce que votre œil à la ronde peut voir.
L'éloquence du dieu, la peur de lui déplaire,
Malgré quelque pudeur qui gâtait le mystère,
Conclurent tout en peu de temps.

La superstition cause mille accidents.
On dit même qu'Amour intervint à l'affaire.
Tout fier de ce succès le banni dit adieu.
Revenez, dit-il, en ce lieu :
Vous garderez que l'on ne sache
Un hymen qu'il faut que je cache :
Nous le déclarerons quand j'en aurai parle
Au conseil qui sera dans l'Olympe assemblé.
La nouvelle déesse à ces mots se retire ;
Contente ? Amour le sait. Un mois se passe et deux,
Sans que pas un du bourg s'aperçut de leurs jeux.
O mortels ! est-il dit qu'à force d'être heureux
Vous ne le soyez plus ! le banni, sans rien dire,
Ne va plus visiter cet antre si souvent.
Une noce enfin arrivant,
Tous pour la voir passer sous l'orme se vont rendre
La belle aperçoit l'homme, et crie en ce moment :
Ah ! voilà le fleuve Scamandre.
On s'étonne, on la presse, elle dit bonnement
Que son hymen se va conclure au firmament ;
On en rit ; car que faire ? aucuns à coups de pierre
Poursuivirent le dieu qui s'enfuit à grand'erre
D'autres rirent sans plus. Je crois qu'en ce temps-ci
L'on ferait au Scamandre un très méchant parti
En ce temps-là semblables crimes
S'excusaient aisément : tous temps, toutes maximes.
L'épouse du Scamandre en fut quitte à la fin,
Pour quelques traits de raillerie ;

Même un de ses amants l'en trouva plus jolie :
C'est un goût : il s'offrit à lui donner la main :
Les dieux ne gâtent rien : puis quand ils seraient cause
Qu'une fille en valût un peu moins, dotez-la,
Vous trouverez qui la prendra :
L'argent répare toute chose.

La confidente sans le savoir ou le stratagème

Je ne connais rhéteur, ni maître ès arts
Tel que l'Amour ; il exerce en bien dire ;
Ses arguments, ce sont de doux regards,
De tendres pleurs, un gracieux sourire :
La guerre aussi s'exerce en son empire,
Tantôt il met aux champs ses étendards
Tantôt couvrant sa marche et ses finesses
Il prend des cœurs entourés de remparts.
Je le soutiens : posez deux forteresses
Qu'il en batte une, une autre le dieu Mars
Que celui-ci fasse agir tout un monde
Qu'il soit armé, qu'il ne lui manque rien
Devant son fort je veux qu'il se morfonde
Amour tout nu fera rendre le sien.
C'est l'inventeur des tours et stratagèmes.
J'en vais dire un de mes plus favoris
J'en ai bien lu, j'en vois pratiquer mêmes,
Et d'assez bons, qui ne sont rien au prix.

La jeune Aminte à Géronte donnée,
Méritait mieux qu'un si triste hyménée ;
Elle avait pris en cet homme un époux
Malgracieux, incommode et jaloux.
Il était vieux ; elle à peine en cet âge

Où quand un cœur n'a point encore aimé
D'un doux objet il est bientôt charmé.
Celui d'Aminte ayant sur son passage
Trouvé Cléon, beau, bien fait, jeune et sage,
Il s'acquitta de ce premier tribut,
Trop bien peut-être, et mieux qu'il ne fallut :
Non toutefois que la belle n'oppose
Devoir et tout, à ce doux sentiment ;
Mais lorsqu'Amour prend le fatal moment,
Devoir et tout, et rien c'est même chose.
Le but d'Aminte en cette passion
Etait, sans plus, la consolation
D'un entretien sans crime, où la pauvrette
Versât ses soins en une âme discrète.
Je croirais bien qu'ainsi l'on le prétend ;
Mais l'appétit vient toujours en mangeant :
Le plus sûr est ne se point mettre à table.
Aminte croit rendre Cléon traitable :
Pauvre ignorante ! elle songe au moyen
De l'engager à ce simple entretien,
De lui laisser entrevoir quelque estime,
Quelque amitié, quelque chose de plus,
Sans y mêler rien que de légitime :
Plutôt la mort empêchât tel abus !
Le point était d'entamer cette affaire.
Les lettres sont un étrange mystère,
Il en provient maint et maint accident.
Le meilleur est quelque sûr confident.

Où le trouver ? Géronte est homme à craindre.
J'ai dit tantôt qu'Amour savait atteindre
A ses desseins d'une ou d'autre façon ;
Ceci me sert de preuve et de leçon.
Cléon avait une vieille parente,
Sévère et prude, et qui s'attribuait
Autorité sur lui de gouvernante.
Madame Alis (ainsi l'on l'appelait),
Par un beau jour eut de la jeune Aminte
Ce compliment, ou plutôt cette plainte :
Je ne sais pas pourquoi votre parent,
Qui m'est et fut toujours indifférent,
Et le sera tout le temps de ma vie,
A de m'aimer conçu la fantaisie.
Sous ma fenêtre il passe incessamment ;
Je ne saurais faire un pas seulement
Que je ne l'aie aussitôt à mes trousses ;
Lettres, billets pleins de paroles douces,
Me sont donnés par une dont le nom
Vous est connu ; je le tais pour raison.
Faites cesser pour Dieu cette poursuite ;
Elle n'aura qu'une mauvaise suite.
Mon mari peut prendre feu là-dessus.
Quant à Cléon, ses pas sont superflus :
Dites-le-lui de ma part, je vous prie.
Madame Alis la loue, et lui promet
De voir Cléon, de lui parler si net
Que de l'aimer il n'aura plus d'envie.

Cléon va voir Alis le lendemain :
Elle lui parle, et le pauvre homme nie,
Avec serments, qu'il eût un tel dessein
Madame Alis l'appelle enfant du diable,
Tout vilain cas, dit-elle, est reniable ;
Ces serments vains et peu dignes de foi
Mériteraient qu'on vous fît votre sauce.
Laissons cela ; la chose est vraie ou fausse
Mais fausse ou vraie, il faut, et croyez-moi
Vous mettre bien dans la tête qu'Aminte
Est femme sage, honnête, et hors d'atteinte :
Renoncez-y. Je le puis aisément
Reprit Cléon. Puis au même moment
Il va chez lui songer à cette affaire :
Rien ne lui peut débrouiller le mystère.
Trois jours n'étaient passés entièrement
Que revoici chez Alis notre belle :
Vous n'avez pas, Madame, lui dit-elle,
Encore vu, je pense, notre amant ;
De plus en plus sa poursuite s'augmente.
Madame Alis s'emporte, se tourmente :
Quel malheureux ! puis l'autre la quittant,
Elle le mande ; il vient tout à l'instant.
Dire en quels mots Alis fit sa harangue,
Il me faudrait une langue de fer ;
Et quand de fer j'aurais même la langue,
Je n'y pourrais parvenir ; tout l'enfer
Fut employé dans cette réprimande :

Allez Satan, allez vrai Lucifer,
Maudit de Dieu. La fureur fut si grande,
Que le pauvre homme étourdi dès l'abord,
Ne sut que dire ; avouer qu'il eût tort,
C'était trahir par trop sa conscience.
Il s'en retourne, il rumine, il repense,
Il rêve tant qu'enfin il dit en soi :
Si c'était là quelque ruse d'Aminte ?
Je trouve, hélas ! mon devoir dans sa plainte.
Elle me dit : O Cléon aime-moi,
Aime-moi donc, en disant que je l'aime :
Je l'aime aussi, tant pour son stratagème
Que pour ses traits. J'avoue en bonne foi
Que mon esprit d'abord n'y voyait goutte ;
Mais à présent je ne fais aucun doute ;
Aminte veut mon cœur assurément.
Ah ! si j'osais, dès ce même moment
Je l'irais voir, et plein de confiance
Je lui dirais quelle est la violence,
Quel est le feu dont je me sens épris.
Pourquoi n'oser ? offense pour offense,
L'amour vaut mieux encor que le mépris.
Mais si l'époux m'attrapait au logis ?
Laissons-la faire, et laissons-nous conduire.
Trois autres jours n'étaient passes encor,
Qu'Aminte va chez Alis pour instruire
Son cher Cléon du bonheur de son sort.
Il faut, dit-elle, enfin que je déserte ;

Votre parent a résolu ma perte ;
Il me prétend avoir par des présents :
Moi, des présents ? c'est bien choisir sa femme ;
Tenez, voilà rubis et diamants,
Voilà bien pis, c'est mon portrait, Madame.
Assurément de mémoire on l'a fait
Car mon époux à tout seul mon portrait.
A mon lever cette personne honnête,
Que vous savez, et dont je tais le nom,
S'en est venue, et m'a laissé ce don
Votre parent mérite qu'à la tête
On le lui jette ; et s'il était ici…
Je ne me sens presque pas de colère.
Oyez le reste : il m'a fait dire aussi
Qu'il sait fort bien qu'aujourd'hui pour affaire
Mon mari couche à sa maison des champs ;
Qu'incontinent qu'il croira que mes gens
Seront couchés, et dans leur premier somme,
Il se rendra devers mon cabinet.
Qu'espère-t-il ? pour qui me prend cet homme ?
Un rendez-vous ! est-il fol en effet ?
Sans que je crains de commettre Géronte
Je poserais tantôt un si bon guet
Qu'il serait pris ainsi qu'au trébuchet
Ou s'enfuirait avec sa courte honte.
Ces mots finis, Madame Aminte sort
Une heure après, Cléon vint, et d'abord,
On lui jeta les joyaux et la boëte :

On l'aurait pris à la gorge au besoin :
Et bien, cela vous semble-t-il honnête ?
Mais ce n'est rien ; vous allez bien plus loin.
Alis dit lors mot pour mot ce qu'Aminte
Venait de dire en sa dernière plainte.
Cléon se tint pour dûment averti :
J'aimais, dit-il, il est vrai, cette belle ;
Mais puisqu'il faut ne rien espérer d'elle,
Je me retire, et prendrai ce parti.
Vous ferez bien ; c'est celui qu'il faut prendre,
Lui dit Alis, il ne le prit pourtant.
Trop bien minuit à grand'peine sonnant,
Le compagnon sans faute se va rendre
Devers l'endroit qu'Aminte avait marqué :
Le rendez-vous était bien expliqué.
Ne doutez point qu'il n'y fût sans escorte.
La jeune Aminte attendait à la porte :
Un profond somme occupait tous les yeux ;
Même ceux-là qui brillent dans les cieux
Etaient voilés par une épaisse nue.
Comme on avait toute chose prévue,
Il entre vite, et sans autres discours
Ils vont, ils vont au cabinet d'amours.
Là le galant dès l'abord se récrie,
Comme la dame était jeune et jolie,
Sur sa beauté ; la bonté vint après,
Et celle-ci suivit l'autre de près.
Mais dites-moi, de grâce, je vous prie,

Qui vous a fait aviser de ce tour ?
Car jamais tel ne se fit en amour.
Sur les plus fins je prétends qu'il excelle ;
Et vous devez vous-même l'avouer.
Elle rougit, et n'en fut que plus belle ;
Sur son esprit, sur ses traits, sur son zèle,
Il la loua ; ne fit-il que louer ?

Le remède

Si l'on se plaît à l'image du vrai,
Combien doit-on rechercher le vrai même.
J'en fais souvent dans mes contes l'essai
Et vois toujours que sa force est extrême,
Et qu'il attire à soi tous les esprits :
Non qu'il ne faille en de pareils écrits
Feindre les noms ; le reste de l'affaire
Se peut conter sans en rien déguiser ;
Mais quant aux noms, il faut au moins les taire ;
Et c'est ainsi que je vais en user.
Près du Mans donc, pays de sapience,
Gens pesant l'air, fine fleur de Normand,
Une pucelle eut naguère un amant,
Frais, délicat, et beau par excellence,
Jeune surtout, à peine son menton
S'était vêtu de son premier coton.
La fille était un parti d'importance :
Charmes et dot, aucun point n'y manquait :
Tant et si bien que chacun s'appliquait
A la gagner ; tout Le Mans y courait.
Ce fut en vain ; car le cœur de la fille
Inclinait trop pour notre jouvenceau :
Les seuls parents, par un esprit manceau,

La destinaient pour une autre famille.
Elle fit tant autour d'eux que l'amant,
Bon gré, mal gré, je ne sais pas comment,
Eut à la fin accès chez sa maîtresse.
Leur indulgence, ou plutôt son adresse,
Peut-être aussi son sang et sa noblesse
Les fit changer, que sais-je quoi ? tout duit
Aux gens heureux, car aux autres tout nuit.
L'amant le fut : les parents de la belle
Surent priser son mérite et son zèle :
C'était là tout : eh que faut-il encor ?
Force comptant ; les biens du siècle d'or
Ne sont plus biens, ce n'est qu'une ombre vaine
O temps heureux ! je prévois qu'avec peine
Tu reviendras dans le pays du Maine :
Ton innocence eût secondé l'ardeur
De notre amant, et hâté cette affaire ;
Mais des parents l'ordinaire lenteur
Fit que la belle, ayant fait dans son cœur
Cet hyménée, acheva le mystère
Selon les us de l'île de Cythère.
Nos vieux romans, en leur style plaisant,
Nomment cela paroles de présent.
Nous y voyons pratiquer cet usage,
Demi-amour, et demi-mariage,
Table d'attente, avant-goût de l'hymen.
Amour n'y fit un trop long examen :
Prêtre et parent tout ensemble, et notaire,

En peu de jours il consomma l'affaire :
L'esprit manceau n'eut point part à ce fait.
Voilà notre homme heureux et satisfait,
Passant les nuits avec son épousée ;
Dire comment, ce serait chose aisée ;
Les doubles clefs, les brèches à l'enclos,
Les menus dons qu'on fit à la soubrette,
Rendaient l'époux jouissant en repos
D'une faveur douce autant que secrète.
Avint pourtant que notre belle un soir
En se plaignant, dit à sa gouvernante,
Qui du secret n'était participante :
Je me sens mal ; n'y saurait-on pourvoir ?
L'autre reprit : Il vous faut un remède ;
Demain matin nous en dirons deux mots.
Minuit venu, l'époux mal à propos,
Tout plein encor du feu qui le possède,
Vient de sa part chercher soulagement,
Car chacun sent ici-bas son tourment.
On ne l'avait averti de la chose.
Il n'était pas sur les bords du sommeil,
Qui suit souvent l'amoureux appareil,
Qu'incontinent l'Aurore aux doigts de rose,
Ayant ouvert les portes d'Orient,
La gouvernante ouvrit tout en riant,
Remède en main, les portes de la chambre :
Par grand bonheur il s'en rencontra deux,
Car la saison approchait de septembre,

Mois où le chaud et le froid sont douteux.
La fille alors ne fut pas assez fine ;
Elle n'avait qu'à tenir bonne mine,
Et faire entrer l'amant au fond des draps,
Chose facile autant que naturelle :
L'émotion lui tourna la cervelle
Elle se cache elle-même, et tout bas
Dit en deux mots quel est son embarras.
L'amant fut sage, il présenta pour elle
Ce que Brunel à Marphise montra.
La gouvernante, ayant mis ses lunettes
Sur le galant son adresse éprouva :
Du bain interne elle le régala,
Puis dit adieu, puis après s'en alla.
Dieu la conduise, et toutes celles-là
Qui vont nuisant aux amitiés secrètes !
Si tout ceci passait pour des sornettes
(Comme il se peut, je n'en voudrais jurer)
On chercherait de quoi me censurer.
Les critiqueurs sont un peuple sévère
Ils me diront : Votre belle en sortit
En fille sotte et n'ayant point d'esprit
Vous lui donnez un autre caractère :
Cela nous rend suspecte cette affaire ;
Nous avons lieu d'en douter, auquel cas
Votre prologue ici ne convient pas.
Je répondrai… Mais que sert de répondre ?
C'est un procès qui n'aurait point de fin :

Par cent raisons j'aurais beau les confondre ;
Cicéron même y perdrait son latin.
Il me suffit de n'avoir en l'ouvrage
Rien avancé qu'après des gens de foi :
J'ai mes garants, que veut-on davantage ?
Chacun ne peut en dire autant que moi.

Les aveux indiscrets

Paris, sans pair, n'avait en son enceinte
Rien dont les yeux semblassent si ravis
Que de la belle, aimable et jeune Aminte.
Fille à pourvoir, et des meilleurs partis.
Sa mère encor la tenait sous son aile
Son père avait du comptant et du bien
Faites état qu'il ne lui manquait rien.
Le beau Damon s'étant pique pour elle
Elle reçut les offres de son cœur :
Il fit si bien l'esclave de la belle
Qu'il en devint le maître et le vainqueur :
Bien entendu sous le nom d'hyménée :
Pas ne voudrais qu'on le crût autrement.
L'an révolu ce couple si charmant
Toujours d'accord, de plus en plus s'aimant
(Vous eussiez dit la première journée)
Se promettait la vigne de l'abbé ;
Lorsque Damon, sur ce propos tombé
Dit à sa femme : Un point trouble mon âme
Je suis épris d'une si douce flamme
Que je voudrais n'avoir aimé que vous,
Que mon cœur n'eût ressenti que vos coups
Qu'il n'eût logé que votre seule image

Digne, il est vrai, de son premier hommage.
J'ai cependant éprouvé d'autres feux ;
J'en dis ma coulpe, et j'en suis tout honteux.
Il m'en souvient, la nymphe était gentille,
Au fond d'un bois, l'Amour seul avec nous ;
Il fit si bien, si mal, me direz-vous,
Que de ce fait il me reste une fille.
Voilà mon sort, dit Aminte à Damon :
J'étais un jour seulette à la maison ;
Il me vint voir certain fils de famille,
Bien fait et beau, d'agréable façon ;
J'en eus pitié ; mon naturel est bon ;
Et pour conter tout de fil en aiguille,
Il m'est resté de ce fait un garçon.
Elle eut à peine achevé la parole,
Que du mari l'âme jalouse et folle
Au désespoir s'abandonne aussitôt.
Il sort plein d'ire, il descend tout d'un saut,
Rencontre un bât, se le met, et puis crie :
Je suis bâté. Chacun au bruit accourt,
Les père et mère, et toute la mégnie,
Jusqu'aux voisins. Il dit, pour faire court,
Le beau sujet d'une telle folie.
Il ne faut pas que le lecteur oublie
Que les parents d'Aminte, bons bourgeois,
Et qui n'avaient que cette fille unique,
La nourrissaient, et tout son domestique,
Et son époux, sans que, hors cette fois,

Rien eût troublé la paix de leur famille.
La mère donc s'en va trouver sa fille ;
Le père suit, laisse sa femme entrer,
Dans le dessein seulement d'écouter.
La porte était entrouverte ; il s'approche ;
Bref il entend la noise et le reproche
Que fit sa femme à leur fille en ces mots :
Vous avez tort : j'ai vu beaucoup de sots,
Et plus encor de sottes en ma vie ;
Mais qu'on pût voir telle indiscrétion,
Qui l'aurait cru ? car enfin, je vous prie,
Qui vous forçait ? quelle obligation
De révéler une chose semblable ?
Plus d'une fille a forligné ; le diable
Est bien subtil ; bien malins sont les gens.
Non pour cela que l'on soit excusable :
Il nous faudrait toutes dans des couvents
Claquemurer jusques à l'hyménée.
Moi qui vous parle ai même destinée ;
J'en garde au cœur un sensible regret.
J'eus trois enfants avant mon mariage
A votre père ai-je dit ce secret ?
En avons-nous fait plus mauvais ménage ?
Ce discours fut à peine proféré,
Que l'écoutant s'en court, et tout outre
Trouve du bât la sangle et se l'attache,
Puis va criant partout : Je suis sanglé.
Chacun en rit, encor que chacun sache

Qu'il a de quoi faire rire à son tour.
Les deux maris vont dans maint carrefour,
Criant, courant, chacun à sa manière,
Bâté le gendre, et sangé le beau-père.
On doutera de ce dernier point-ci ;
Mais il ne faut telles choses mécroire
Et par exemple, écoutez bien ceci.
Quand Roland sut les plaisirs et la gloire
Que dans la grotte avait eus son rival,
D'un coup de poing il tua son cheval.
Pouvait-il pas, traînant la pauvre bête,
Mettre de plus la selle sur son dos ?
Puis s'en aller, tout du haut de sa tête,
Faire crier et redire aux échos :
Je suis bâté', sanglé, car il n'importe,
Tous deux sont bons. Vous voyez de la sorte
Que ceci peut contenir vérité ;
Ce n'est assez, cela ne doit suffire ;
Il faut aussi montrer l'utilité
De ce récit ; je m'en vais vous la dire.
L'heureux Damon me semble un pauvre sire.
Sa confiance eut bientôt tout gâté.
Pour la sottise et la simplicité
De sa moitié, quant à moi, je l'admire.
Se confesser à son propre mari !
Quelle folie ! imprudence est un terme
Faible à mon sens pour exprimer ceci.
Mon discours donc en deux points se renferme.

Le nœud d'hymen doit être respecté,
Veut de la foi, veut de l'honnêteté :
Si par malheur quelque atteinte un peu forte
Le fait clocher d'un ou d'autre côté,
Comportez-vous de manière et de sorte
Que ce secret ne soit point éventé.
Gardez de faire aux égards banqueroute ;
Mentir alors est digne de pardon.
Je donne ici de beaux conseils, sans doute :
Les ai-je pris pour moi-même ? hélas ! non.

Les quiproquos

Dame Fortune aime souvent à rire,
Et nous jouant un tour de son métier
Au lieu des biens où notre cœur aspire,
D'un quiproquo se plaît à nous payer.
Ce sont ses jeux j'en parle à juste cause.
Il m'en souvient ainsi qu'au premier jour.
Chloris et moi nous nous aimions d'amour
Au bout d'un an la belle se dispose
A me donner quelque soulagement,
Faible et léger, à parler franchement.
C'était son but : mais, quoi qu'on se propose,
L'occasion et le discret amant
Sont à la fin les maîtres de la chose.
Je vais un soir chez cet objet charmant,
L'époux était aux champs heureusement,
Mais il revint la nuit à peine close.
Point de Chloris : le dédommagement
Fut que le sort en sa place suppose
Une soubrette à mon commandement.
Elle paya cette fois pour la dame.
Disons un troc, ou réciproquement
Pour la soubrette on employa la femme,
De pareils traits tous les livres sont pleins.

Bien est-il vrai qu'il faut d'habiles mains
Pour amener chose ainsi surprenante ;
Il est besoin d'en bien fonder le cas,
Sans rien forcer et sans qu'on violente
Un incident qui ne s'attendait pas.
L'aveugle enfant, joueur de passe-passe,
Et qui voit clair à tendre maint panneau
Fait de ces tours ; celui-là du berceau
Lève la paille à l'égard du Boccace ;
Car quant à moi, ma main pleine d'audace
En mille endroits à peut-être gâté
Ce que la sienne a bien exécuté.
Or il est temps de finir ma préface,
Et de prouver par quelque nouveau tour
Les quiproquos de Fortune et d'Amour.
On ne peut mieux établir cette chose
Que par un fait à Marseille arrivé,
Tout en est vrai, rien n'en est controuvé.
La Clidamant que par respect je n'ose
Sous son nom propre introduire en ces vers,
Vivait heureux, se pouvait dire en femme
Mieux que pas un qui fût en l'univers.
L'honnêteté, la vertu de la dame,
Sa gentillesse, et même sa beauté,
Devaient tenir Clidamant arrêté.
Il ne le fut, le diable est bien habile,
Si c'est adresse et tour d'habileté
Que de nous tendre un piège aussi facile

Qu'est le désir d'un peu de nouveauté.
Près de la dame était une personne,
Une suivante ainsi qu'elle mignonne,
De même taille et de pareil maintien,
Gente de corps, il ne lui manquait rien
De ce qui plaît aux chercheurs d'aventures.
La dame avait un peu plus d'agrément,
Mais sous le masque on n'eût su bonnement
Laquelle élire entre ces créatures.
Le Marseillais, Provençal un peu chaud,
Ne manque pas d'attaquer au plus tôt
Madame Alix ; c'était cette soubrette.
Madame Alix, encor qu'un peu coquette,
Renvoya l'homme. Enfin il lui promet
Cent beaux écus bien comptés clair et net.
Payer ainsi des marques de tendresse
(En la suivante) était, vu le pays,
Selon mon sens, un fort honnête prix :
Sur ce pied-là qu'eût coûté la maîtresse ?
Peut-être moins ; car le hasard y fait.
Mais je me trompe, et la dame était telle
Que tout amant, et tant fût-il parfait,
Aurait perdu son latin auprès d'elle :
Ni dons, ni soins, rien n'aurait réussi.
Devrais-je y faire entrer les dons aussi ?
Las ! ce n'est plus le siècle de nos pères.
Amour vend tout, et nymphes et bergères ;
Il met le taux à maint objet divin :

C'était un dieu, ce n'est qu'un échevin.
O temps ! ô mœurs ! ô coutume perverse !
Alix d'abord rejette un tel commerce,
Fait l'irritée, et puis s'apaise enfin,
Change de ton, dit que le lendemain,
Comme Madame avait dessein de prendre
Certain remède, ils pourraient le matin
Tout à loisir dans la cave se rendre.
Ainsi fut dit, ainsi fut arrêté ;
Et la soubrette ayant le tout conté
A sa maîtresse, aussitôt les femelles
D'un quiproquo font le projet entre elles.
Le pauvre époux n'y reconnaîtrait rien,
Tant la suivante avait l'air de la dame ;
Puis supposé qu'il reconnût la femme,
Qu'en pouvait-il arriver que tout bien ?
Elle aurait lieu de lui chanter sa gamme
Le lendemain par hasard Clidamant,
Qui ne pouvait se contenir de joie,
Trouve un ami, lui dit étourdiment
Le bien qu'Amour à ses désirs envoie.
Quelle faveur Non qu'il eût bien voulu
Que le marché pour moins se fût conclu,
Les cent écus lui faisaient quelque peine.
L'ami lui dit : Hé bien soyons chacun
Et du plaisir et des frais en commun.
L'époux n'ayant alors sa bourse pleine
Cinquante écus à sauver étaient bons.

D'autre côté communiquer la belle,
Quelle apparence ! y consentirait-elle ?
S'aller ainsi livrer à deux Gascons,
Se tairaient-ils d'une telle fortune ?
Et devait-on la leur rendre commune ?
L'ami leva cette difficulté,
Représentant que dans l'obscurité
Alix serait fort aisément trompée.
Une plus fine y serait attrapée.
Il suffisait que tous deux tour à tour
Sans dire mot ils entrassent en lice,
Se remettant du surplus à l'Amour,
Qui volontiers aiderait l'artifice.
Un tel silence en rien ne leur nuirait ;
Madame Alix sans manquer le prendrait
Pour un effet de crainte et de prudence ;
Les murs ayant des oreilles (dit-on)
Le mieux était de se taire ; à quoi bon
D'un tel secret leur faire confidence ?
Les deux galants, ayant de la façon
Réglé la chose, et disposés à prendre
Tout le plaisir qu'Amour leur promettait,
Chez le mari d'abord ils se vont rendre.
Là dans le lit l'épouse encore était.
L'époux trouva près d'elle la soubrette,
Sans nuls atours qu'une simple cornette,
Bref en état de ne lui point manquer
L'heure arriva, les amis contestèrent

Touchant le pas, et longtemps disputèrent.
L'époux ne fit l'honneur de la maison ;
Tel compliment n'étant là de saison.
A trois beaux dés pour le mieux ils réglèrent
Le précurseur ainsi que de raison.
Ce fut l'ami ; l'un et l'autre s'enferme
Dans cette cave, attendant de pied ferme
Madame Alix, qui ne vient nullement.
Trop bien la dame en son lieu s'en vint faire
Tout doucement le signal nécessaire.
On ouvre, on entre, et sans retardement
Sans lui donner le temps de reconnaître
Ceci, cela, l'erreur, le changement,
La différence enfin qui pouvait être
Entre l'époux et son associé,
Avant qu'il pût aucun change paraître,
Au dieu d'Amour il fut sacrifié.
L'heureux ami n'eut pas toute la joie
Qu'il aurait eue en connaissant sa proie.
La dame avait un peu plus de beauté ;
Outre qu'il faut compter la qualité.
A peine fut cette scène achevée,
Que l'autre acteur par la prompte arrivée
Jeta la dame en quelque étonnement ;
Car comme époux, comme Clidamant même,
Il ne montrait toujours si fréquemment
De cette ardeur l'emportement extrême.
On imputa cet excès de fureur

A la soubrette, et la dame en son cœur
Se proposa d'en dire sa pensée.
La fête étant de la sorte passée,
Du noir séjour ils n'eurent qu'à sortir.
L'associé des frais et du plaisir
S'en court en haut en certain vestibule :
Mais quand l'époux vit sa femme monter,
Et qu'elle eût vu l'ami se présenter,
On peut juger quel soupçon, quel scrupule,
Quelle surprise eurent les pauvres gens.
Ni l'un ni l'autre ils n'avaient eu le temps
De composer leur mine et leur visage.
L'époux vit bien qu'il fallait être sage,
Mais sa moitié pensa tout découvrir.
J'en suis surpris, femmes savent mentir.
La moins habile en connaît la science.
Aucuns ont dit qu'Alix fit conscience
De n'avoir pas mieux gagné son argent :
Plaignant l'époux, et le dédommageant,
Et voulant bien mettre tout sur son compte :
Tout cela n'est que pour rendre le conte
Un peu meilleur. J'ai vu les gens mouvoir
Deux questions ; l'une, c'est à savoir
Si l'époux fut du nombre des confrères
A mon avis n'a point de fondement,
Puisque la dame et l'ami nullement
Ne prétendaient vaquer à ces mystères.
L'autre point est touchant le talion ;

Et l'on demande en cette occasion
Si pour user d'une juste vengeance,
Prétendre erreur et cause d'ignorance
A cette dame aurait été permis.
Bien que ce soit assez là mon avis,
La dame fut toujours inconsolable,
Dieu gard de mal celles qu'en cas semblable
Il ne faudrait nullement consoler.
J'en connais bien qui n'en feraient que rire.
De celles-là je n'ose plus parler,
Et je ne vois rien des autres à dire.

Table des matières

© Grandsclassiques.com, 2018. Tous droits réservés.
Pas de reproduction sans autorisation préalable.

www.grandsclassiques.com

ISBN ebook : 9782512007951
ISBN papier : 9782512009153
Dépôt légal : D/2018/12603/83

Couverture : © Hélène Massart
Conception numérique : Primento, le partenaire numérique
des éditeurs

www.ingramcontent.com/pod-product-compliance
Lightning Source LLC
La Vergne TN
LVHW050932200726
843508LV00011B/2322